Antonio Ghislanzoni

Adelina

Melodramma serio in tre atti da rappresentarsi per la prima volta nel Teatro della Societ in Lecco

Antigonos

Antonio Ghislanzoni

Adelina

Melodramma serio in tre atti da rappresentarsi per la prima volta nel Teatro della Societ in Lecco

Ristampa immutata dell'edizione originale del 1879.

1ª edizione 2024 | ISBN: 978-3-38664-831-8

Antigonos Verlag è un marchio della Outlook Verlagsgesellschaft mbH.

Verlag (Editore): Outlook Verlag GmbH, Zeilweg 44, 60439 Frankfurt, Deutschland
Vertretungsberechtigt (Rappresentante autorizzato): E. Roepke, Zeilweg 44, 60439 Frankfurt, Deutschland
Druck (Tipografia): Libri Plureos GmbH, Friedensallee 273, 22763 Hamburg, Deutschland

ADELINA

MELODRAMMA SERIO IN TRE ATTI

DI

ANTONIO GHISLANZONI

MUSICA DI

LUIGI SOZZI

da rappresentarsi per la prima volta

NEL

TEATRO DELLA SOCIETA' IN LECCO

LECCO

TIPOGRAFIA DI ANGELO VIGANO'

1879.

ATTO TERZO

SCENA PRIMA.

**Luogo campestre - A destra una vecchia torre diroccata
A sinistra una capanna - Il lago a poco distanza.**

PIETRO - ADELINA.

ADELINA   È questo il luogo?...

PIETRO   Sì — Più volte Enrico
Qui colla tua rival furtivamente
Venne...

ADELINA   E tu udisti...?

PIETRO   Tenere parole
Suonar dai labbri innamorati... Caldi
Sospir soltanto interrompean la foga
Degli accenti amorosi...

ADELINA   Ah! taci!... Il core
Tu mi squarci, o crudel!...

PIETRO   Dell'età prima
Qui ricordavan le promesse e i pianti...
A ingrate nozze, per voler del padre,
Costretta, Enrico ella amò sempre...

ADELINA   E l'ama
Ancora...

PIETRO   Sì. Nè muto in cor d'Enrico
È l'affetto primier...

ADELINA   Quale speranza,
Qual lusinga nutrir che non sia colpa
Ponno essi mai?

PIETRO   Della Contessa i nodi
Or disciolga la morte...

ADELINA   O ciel!...

Personaggi

ENRICO, *giovane pittore* . . . . . — CARLO PIZZORNI.

DONATO, *cacciatore* . . . . — VINCENZO DE-PASQUALIS.

ADELINA, *sorella di Donato* . . . — LENA BORDATO.

EUGENIA, *Contessa di Saint-Diè* . . — MARIETTA AMBROS.

PIETRO, *amante di Adelina* . . . — ANTONIO BAGAGIOLO.

Contadini - Cacciatori - Amiche di Adelina - Zingare, ecc.

ATTO PRIMO

SCENA PRIMA.

**Una vallata svizzera - Sul davanti della scena alberi secolari
Nello sfondo una catena di monti.**

È l'alba. All'alzarsi del sipario ENRICO *sta assiso sotto un
albero, intento a dipingere. — Si odono in lontananza gli
squilli dei corni da caccia.*

ENRICO Sei pur bella, o natura!... È pur soave
     Questa luce dell'alba, onde il creato
     Si ridesta alla vita!
         (alzandosi) Ah no! il pennello
     Non può ritrarre questo argenteo raggio
     Che rallegra le piante, i campi e l'onde.
     Che dissi?... Ahimè! tutto può l'arte, quando
     Del cor l'angoscia non l'opprima. — È notte,
     Eterna notte il mio pensiero omai.....
     Nè un dì sereno io rivedrò più mai! *(con dolore)*.
      Eppur, con forme d'angelo
       Vestita Iddio l'avea.....
       Sulla sua fronte candida
       Riflesso il ciel parea,
       Era la voce un cantico,
       Era il suo sguardo un sol.
      Di sue promesse immemore
       Or vive ad altri unita.....
       Nè ancor si spense il debile
       Raggio della mia vita,
       Nè fia che cessin l'ansie
       Del disperato duol!

Voci di fuori   Per di quà cacciatori affrettiamo!
                 Del camoscio la traccia seguiamo!
Enrico   La valle già si popola
            Di cacciatori ...

SCENA II.

PIETRO - DONATO - Cacciatori.

Pietro *(a Donato)* Oh! veh ...

                                 Donato!.. vedi
            L'ospite tuo ...
Donato *(a Enrico)*   Voi qui?
Enrico *(a Donato)*   Buon giorno, amico!
Donato   Dipingevate! ottimo segno è questo!..
            Mi rallegro con voi, signor Enrico.
            (Tutti si fanno attorno al quadro)
Coro   Bello!... bellissimo!
                         Naturalissimo!
                         È un uom di genio ...
                         È un gran pittor!
Pietro *(in disparte, con livore)*
                         Per quattro sgorbii
                         Tracciati appena,
                         Ecco, già in estasi
                         Vanno costor!
Donato   Quadro ammirabile!
                         Sublime scena!...
                         Viva l'artista,
                         Viva il pittor!
Enrico   Voi mi adulate, o amici — Or permettete
            Che il mio quadro io riprenda,
            Ed al villaggio scenda.
                         (raccoglie la cassetta e le tele)
Pietro *(ironico)* Ah! Ah!
Donato *(ad Enrico)*   Fra poco anch'io
                Con voi sarò — Quest'oggi l'Adelina
                Il quarto lustro compie ... alla sua festa

Mancar non voglio...

ENRICO *(da sè)*   Ed io m'era scordato...

PIETRO *(ad Enr.)* Certo a lei quel dipinto è destinato.

ENRICO   Troppo indegno di lei sarebbe il dono.

(a Donato stringendogli la mano)

Addio, Donato

DONATO   Addio !

ENRICO *(ai cacciatori)*   La buona caccia

Auguro a tutti!

PIETRO *(con intenzione sarcastica)* Buona caccia a voi

CORO *(ridendo)*   Buona caccia! *(Enrico si allontana)*

DONATO *(da sè con sospetto)* Che intendono costoro?...

TUTTI MENO DONATO   Su dunque alla caccia!

La valle scorriam,

Dei veltri animosi

La traccia seguiam!

(partono rapidamente - Donato si avvicina a Pietro e lo trattiene).

SCENA III.

DONATO, PIETRO

DONATO   Pietro... un istante... parlar ti debbo...

PIETRO   Son quà... che brami?

DONATO   Mi sei tu amico?

PIETRO   Quale domanda! l'affetto antico

Che a te mi lega spezzar chi può?

DONATO   Di mia sorella, tu lo rammenti,

Io già concessa t'avea la mano;

Non è mia colpa se ad essa invano

D'amor parlasti...

PIETRO *(turbato)*   Tua colpa... No!

DONATO *(stendendogli la mano)*

Dunque... esser franco tu devi meco

Qual'eri un giorno...

PIETRO   Non ti comprendo...

Donato   Con un sorriso spesso tacendo
                Molto si esprime . . .

Pietro (*dissimulando*)   Che vuoi tu dir?

Donato   Sinistro riso sulle tue labbra
                Spuntar io vidi . . . poc'anzi . . .

Pietro (*dopo breve esitazione*)   È vero . . .
                Ma solo a ridere non fui . . .

Donato (*vivamente*)   Sincero
                Spiegati dunque . . .

Pietro (*risoluto*)   Non so mentir...
                Poichè tu stesso mi spingi . . .

Donato   Ah! parla . . .!
                Il ver, qualsiasi, io voglio udir.

Pietro   Dello straniero incognito
                Che accogli nel tuo tetto
                Tutto il villaggio mormora . . .

Donato (*sorpreso*)   D'Enrico! . . . oh! che di tu? . . .

Pietro   Adele è bella . . . è amabile;
                Tu sai che in giovin petto
                D'un seduttor le insidie
                Potrian...

Donato (*con sdegno*)   Basta! . . . non più!
                Siccome il cor d'un angelo
                Puro è d'Adele il core;
                Sempre vegliò sull'orfana
                Il mio fraterno amore —
                Costui ch'ebbe ricetto
                Nell'ospital mio tetto,
                Di mia pietade è degno,
                Degno della mia fè.

Pietro   Noto ei t'è dunque...

Donato   Vittima
                D'amore sventurato,
                Sol vive alla memoria
                Del triste suo passato...
                Adele è la pudica
                Sua confidente e amica...

                    Quell'alma altera e nobile
                    Nata a tradir non è.
PIETRO   Ebben! tal sia — più insistere
                    A me non giova omai...
                    Il ver chiedesti, e libero
                    Il vero io ti parlai...
                    Della calunnia ridi...
                    Il senno tuo ti guidi...
                    Al destin cieco affidati,
                    E vegli il ciel su te.
CORO (*di fuori*)   Evviva la caccia!
                    Dal monte scendiam;
                    Compagni, al villaggio
                    La preda rechiam.
PIETRO   Or vieni, o Donato...
                    Gli amici seguiamo...
          (*da sè*) Lo strale è gettato...
DONATO (*da sè*)   La febbre ho nel cor!
CORO (*di fuori più vicino*)
                    Evviva la caccia!
                    Dal monte scendiam.
DONATO (*vivamente a* **Pietro**)
                    Non soffro dileggi,
                    Non voglio motteggi,
                    Enrico oggi stesso
                    Partire dovrà.
PIETRO (*a* **Donato**)   Amico ti calma,
                    Discaccia dall'alma
                    L'infame sospetto...
                    Partiamo! scendiam!
CACCIATORI (*entrando in scena*)
                    Venite! Venite!
                    Dal monte scendiam!
                    Compagni, al villaggio
                    La preda rechiam!
                         (*Tutti si allontanano rapidamente*).

SCENA IV.

Cortile con portico nella casa di Donato. Nel mezzo una gran porta che dà sulla via. A destra una scala di pochi gradini che mette alle stanze superiori. Piccola porta a sinistra. Tavoli, sedili rustici.

ADELINA, *che esce dalla porta a sinistra con un mazzolino di fiori alla mano.*

Prima dell'alba uscì... Pure io non oso
Nella deserta stanza
Questi fiori recar — Poveri fiori!
Per esso io v'educai...
E quante volte, desolata, in pianto,
Del mio cuore i segreti io vi narrai!
Io v'ho narrato l'estasi sante
 I voti, i palpiti — del core amante;
 Sogni e speranze — vi confidai,
 Che a quell'amato non dirò mai;
 Ah! in cor ti estingui — funesta brama...
  Un'altra egli ama!
Nella mestizia del suo bel viso,
 Nei brevi lampi del suo sorriso
 Leggo gli arcani moti del core,
 Leggo l'istoria di un lungo amore...
 Se a me favella, suora mi chiama,...
  Ma un'altra egli ama!

SCENA V.

ENRICO *e detta.*

ENRICO   Gentile Adele
ADELINA (*trasalendo*) Voi!... Nè mio fratello
 Vi accompagna?
ENRICO   Alla caccia
Cogli amici sull'alba ei si recava...
Fra breve sarà qui — Ben fortunato

Chiamarmi io debbo se in sì lieto giorno,
Prima d'ogni altro, a voi d'offrir m'è dato
I lieti auguri e i voti...

ADELINA (*da sè con dolore*)
Vani auguri!...

ENRICO
                              Sul ciglio
Il pianto avete? Che vi turba, o Adele?

ADELINA   Nulla...

ENRICO
                    Affidarvi a me dunque sdegnate?
E qual sorella io v'amo...!
E fratello talor voi mi chiamate!

ADELINA   Sempre al dì della mia festa
                  Mi commuove un duolo arcano...
                  L'altrui gaudio in me ridesta
                  D'altri tempi il sovvenir....
                  Un sorriso, una parola
                  Di mia madre attendo invano...
                  Ah, pur troppo!... al mondo sola...
                  Dovrò piangere e soffrir!

ENRICO   Sempre in pianto... e a voi sorride
                  Della vita il primo raggio...
                  Un fratel con voi divide
                  Ogni affanno, ogni gioir;
                  Più leggiadra, più vezzosa
                  Non v'ha figlia del villaggio,
                  S'apre a voi d'amante e sposa
                  Il più fulgido avvenir!

ADELINA   Oh ! giammai !...

ENRICO
                              Giammai! nol dite...
Io pur anco un dì credea...
Ma insanabili ferite
Nel mio seno aperse amor...

ADELINA   Sempre... a lei... pensate?

ENRICO
                                    È vero...

ADELINA   Ciò vi attrista....

ENRICO
                              Quella rea
Mi sta fissa nel pensiero...

ADELINA   Dunque... voi... l'amate ancor...!
ENRICO   Io... l'abbomino...
ADELINA (*vivamente*)   L'amate.
ENRICO (*animandosi*) Io la sprezzo... io l'odio...
ADELINA (*con passione*)   È vano!
                           Fin lo sdegno che mostrate,
                           Fin lo sprezzo e l'odio è... amor!
ENRICO   Cielo!.. voi impallidite...
ADELINA   Deh! lasciatemi!... partite!...
                           (Dio sol vede il mio tormento)
ENRICO (*vivamente colpito dalle parole di Adelina.*)
                           Qual linguaggio!... quale accento!...
                           Della misera nel core
                           Forse ho letto...
ADELINA (*volgendosi verso la porta di mezzo dove sarà apparso Donato*)
                           Mio fratel!...

SCENA VI.

DONATO e *detti*.

DONATO (*bruscamente*)
                           Buon dì, sorella!...
ADELINA   Buon dì, Donato!
ENRICO   Tu sei turbato...
DONATO (*bruscamente*)   È ver...
ADELINA   Che hai tu?...
ENRICO   Lieto stamane ti vidi....
DONATO   E lieto
                           Da pochi istanti non sono più.
                    (*volgendosi ad Enrico con severità*)
                           Nei giorni infausti, come un amico
                           In queste soglie ti accolsi, Enrico;
                           M'apristi i lutti del cor piagato,
                           Ed io t'ho amato più che fratel...
ENRICO   Ed io pur t'amo...
DONATO (*interrompendolo*)   Nel tetto istesso
                           Più a noi di vivere non è concesso...

Pria che il sol cada, tu... partirai...

ENRICO
Che dici mai?... ti spiega...

ADELINA
O ciel!

DONATO
D'entrambi mormora tutto il villaggio...

D'Adele al nome si fece oltraggio...

(a *Enrico*)
Tu mi comprendi...

ENRICO
L'onor di Adele...

Più che la vita m'è sacro...

DONATO
Ebben?...

ENRICO
Io parto...

ADELINA (*vivamente*)
Ah!...

DONATO (*accorrendo presso Adele che vacilla, e traendola a sedere
sopra una scranna*).

Adele!...

ENRICO (*colpito*)
Cielo!...

DONATO (*accennando ad Enrico la fanciulla che ha smarrito i sensi.*)
Il dolore

Che la colpisce, ti accusa...

ENRICO (*da sè, pensieroso*)
In core

A lei poc'anzi io lessi il vero...

Sì; un tal pensiero da Dio mi vien!

(*si prostra in ginocchio davanti ad Adelina
stringendole la mano.*)

Su me il tuo sguardo angelico

Scenda, o celeste Adele;

Plachi un sorriso i palpiti

Dell'ansia tua crudele;

Non più d'amor sorella

Ma sposa mia ti chiamo

Rispondimi... favella...

Fammi beato il cor!

ADELINA (*rianimandosi*)
No... parti... Enrico... lasciami

Sola col mio dolore...

Di tua pietade il balsamo

Non può sanarmi il core

Se amarmi un dì potrai

Come da tempo io t'amo,
A me ritornerai...
Ti sarò sposa allor.

DONATO Strane davver le femmine!
Perchè non vuoi sposarlo?
Per lui d'amor tu spasimi...
E cerchi allontanarlo!
(ad *Enrico*) Ebben: ti dò parola
Ch'ella dovrà sposarti...
E una famiglia sola
Noi formeremo ancor.

VOCI DI FUORI Viva Adele!...

DONATO Degli amici
La gioconda comitiva
A noi viene...

SCENA VII.

PIETRO - CACCIATORI - DONNE *che recano mazzi di fiori e detti.*

PIETRO - CORO Viva! Viva!

DONATO (*a Adele che si sarà alzata*)
Non più scene!...

PIETRO (*osservando Adele*) Qual dolor!

CORO Mille auguri, mille voti
Ti rechiam con questi fior.

PIETRO - CORO (*ad Adelina*)
Un fervido amante,
Gentile, costante,
Bellissima Adele
Vi accordi il destin!

DONNE Un tenero sposo
Gentile, amoroso,
Galante, fedele
Ti serbi il destin.

DONATO (*facendosi in mezzo a tutti*)
Lo sposo è trovato...

TUTTI Che parli Donato?

ENRICO (*sottovoce a Adelina*)

Smentirlo vorresti,
O Adele?...

TUTTI

Sentiam !
Chi è desso ?

DONATO (*presentando Enrico*)

Un amico
Carissimo...

TUTTI

Enrico !

ADELINA

Parlare non oso...

TUTTI

La scelta approviam !

DONATO (*a Pietro sottovoce*)

Quel nobile core
D'Adele l'amore
L'onor del mio nome,
Qual vedi, salvò.

PIETRO

Ben degno è di lode,
Ciascuno ne gode...

(*da sè*) (Tal onta, tal scorno
Soffrire dovrò!)

ENRICO (*a Adelina*)

Di un triste passato
Gli affanni ho scordato
Nel raggio d'amore
Che il cor mi beò.

ADELINA

Se è ver che il passato
Per sempre hai scordato,
Se è ver che tu m'ami...
Tua sposa sarò.

DONATO

Alla sagra del monte muoviamo!

ENRICO (*offrendo il braccio ad Adelina*)

Vieni, Adele...

ADELINA

Sono teco....

PIETRO E CORO

Partiamo !

TUTTI

Là, tra i balli, le feste ed i canti,
Si consacri la fede d'amor.

(*Escono tutti, dandosi di braccio - Pietro si confonde alla folla*).

FINE DELL'ATTO PRIMO.

ATTO SECONDO

SCENA PRIMA.

**Una piazzetta - A destra la casa di Adele
A sinistra un albergo - In fondo alla scena un promontorio con
alberi e case pavesate di bandiere.**

All'alzarsi del sipario, ADELINA *e la* CONTESSA *si trovano
sul davanti della scena intente a consultare due zingare -
Gruppi di ragazze e di zingare che ascoltano la predizione.*

La zingara (*alla contessa*) Sui lunghi affanni raggio d'amore

         Sfavillerà.

La zingara (*a Adelina*) A breve gaudio lungo dolore

         Seguir dovrà.

Adelina (*alla zingara*) Null'altro aggiungi ?

La zingara (*allontanandosi*)   Buona fanciulla....

        Nulla... più nulla!...

Fanciulle (*alla contessa*) Lieto è il pronostico

Contessa   Morto è il mio cuore...

       Morto all'amore

Fanciulle (*a Adelina*) A tai pronostici non prestar fede,

       Pazzo chi crede !

Le zingare (*avviandosi verso la collina*)

    Spose infelici, fanciulle amanti,

      Avanti ! Avanti !

    Tutti i misteri noi sappiam dir

      Dell'avvenir !....

(*Le zingare, seguite dalle fanciulle e dai ragazzi, scompariscono
       dietro la collina*)

SCENA II.

ADELINA - *la* CONTESSA

La Contessa (*appressandosi a Rita che è rimasta sul davanti della
      scena in atteggiamento desolato.*)

  Così pensosa e mesta

Perchè, o fanciulla ? . . . . Forse
Delle zingare a voi rispose avverso
Il profetico voto ?...
ADELINA *(ripetendo con accento di terrore il responso della zingara)*
       « A Breve gaudio
Lungo dolore seguirà »
CONTESSA   Tal dunque
Fu il vaticinio ? E credere potete
A queste fole ? Non fu a me promesso
Un avvenir d'amore e di contento . . . .
Mentre il mio core ad ogni gaudio è spento !
ADELINA Alla vigilia delle nozze, è tristo
Udir tali presagi . . . .
CONTESSA   Allor soltanto
Che non sorride all'imeneo l'amore,
Funesto è il rito e legge eterna il pianto . . . .
Ma lo sposo che il ciel v'ha destinato
Voi lo amate . . . .
ADELINA *(con effusione)* S'io l'amo ! . . . .
CONTESSA   Or . . . . . che temete ? . . . .
ADELINA S'ei di amarmi . . . . cessasse . . . .
CONTESSA   (Ingenuo core)
Perchè tu fossi amata
Si pura e bella non t'ha Iddio creata?
(abbracciando Adelina con tenerezza)
 Giglio soave e candido
  Che aneli al sol d'amore,
  L'immacolato calice
  Schiudi fidente al ciel ;
  Non sperda un'aura perfida
  I tuoi profumi, o fiore !
  Mai non t'offenda il turbine
  Od il notturno gel !
ADELINA   Chi siete voi che i balsami
  A piena man versate,
  Che un avvenir di gaudio
  Svelate a questo cor ?

18

Perchè, se i labbri effondono
Parole a me sì grate,
Perchè vi sta sul ciglio
Il pianto del dolor?

CONTESSA   Penetrar ne' miei misteri
Tu vorresti?....

ADELINA   Non poss'io
Consolarvi?....

CONTESSA   Invan lo speri,
Condannata io son da Dio....

ADELINA   Voi! che dite?.... o sventurata!
Può cangiarsi un dì il destino....

CONTESSA   Non ha meta il mio cammino....
Non ha speme il mio soffrir....
Una legge inesorata
Franse i voti del mio cuore.
A te vita fia l'amore,
Per amor degg'io morir!....

   (*Squilli di fanfare sulla collina*)

CONTESSA   Qual suono?....

ADELINA   La gara dell'armi è finita....
A pompa solenne quel suono ne invita....
Con me.... colle amiche.... venite a gioir....!
Io vuo' che il mio sposo vi vegga....

CONTESSA (*esitante*)   Tu il vuoi?....

ADELINA   Siccome sorella starete fra noi...
È balsamo santo la vostra parola...
È raggio di luce che avviva consola....
Che sperde i presagi d'un triste avvenir!

CONTESSA   Ebben, verrò teco...! nel vostro sorriso
S'acqueti un istante l'orrendo martir!...
   (*con trasporto, abbracciando Adelina*)

Della speranza ai palpiti
Per te rivivo ancora,
Spuntar fra le mie tenebre
Veggo una lieta aurora;
Parmi che ignoto gaudio

Sull'orme tu mi attenda,
Che la mia sorte orrenda
Debba placarsi alfin !

ADELINA   Per voi si avvivi il palpito
Della speranza ancora,
Forse è vicina a splendervi
Una serena aurora ;
Forse ad ignoto gaudio
Per me vi chiama Iddio,
E lieto al par del mio
Vi arriderà il destin !

(partono abbracciate seguendo la via che mette alla collina.)

SCENA III.

Gran padiglione, ornato di bandiere e trofei - Nel mezzo in fondo alla scena la statua di Guglielmo Tell - A sinistra, una tavola con vasi e coppe d'argento - A destra, un rialzo dove andranno a collocarsi i tubatori.

Preceduti dalle fanfare, si avanzano DONATO, ENRICO, PIETRO, *seguiti da altri giovani Svizzeri, tutti armati di carabine, e vanno a collocarsi al lato destro.*

CORO   O figli d'Elvezia,
Dai gioghi scendete
Il lauro cogliete
Serbato al valor !
Echeggin le valli
Di plausi, di canti,
E agli inni festanti
Risponda ogni cor,
Leggiadre fanciulle
I mirti intrecciate
Sui forti versate
Un nembo di fior.

PIETRO *(conducendo Donato presso la tavola e porgendogli una*
coppa d'oro)

20

                    A te la coppa d'oro
                    I giudici del campo han decretato...
Enrico (*a Donato*)
                    Ben ti si addice il premio...
Tutti   Sia plauso a te Donato!
Donato (*alzando la coppa*)
                    Viva l'Elvezia!
Tutti   Viva!
Pietro   Or l'armi si depongano,
                    E come vuole rito
                    Di libertade il cantico
                    Intuoni il vincitor!
   (*tutti depongon le armi*)
                    Le tazze in giro!
Donato (*con entusiasmo*)   Fremere
                    Al glorïoso invito,
                    Di libertà, di patria
                    Sento gli affetti in cor.
          (*tutti riempiono le tazze e si fanno intorno a Donato*)
Donato   Salve, o patria, o Elvezia bella ,
                    Benedetta del Signore!
                    Salve, o terra del valore,
                    Salve, o asil di libertà!
                    Nido d'aquile e d'eroi
                    Son tue valli, i monti tuoi
                    De' tiranni il crudo artiglio
                    Contro te poter non ha.
Tutti   Salve, o terra del valore,
                    Salve, o asil di libertà!
Donato   Guai tre volte allo straniero
                    Che sfidarci osasse a guerra!
                    No, dei liberi la terra
                    Non soggiace al disonor!
                    Qual valanga struggitrice
                    Dall'Elvetica pendice
                    Tutto un popolo d'eroi
                    Piomberà sull' invasor!

TUTTI Guai tre volte allo straniero!

Guai tre volte all' invasor!

PIETRO Or si schiudan le tende - e all'esultanza

Prendan parte le figlie e le sorelle

Dei valorosi - Olà!

(al cenno di Pietro si sollevan le cortine in fondo alla scena).

SCENA IV.

Donne e fanciulle in abito da festa che portano corone di lauro e di fiori - ADELINA che a suo tempo si avanza dando il braccio alla CONTESSA.

ENRICO *(sul davanti alla scena parlando a Donato)*

La nostra Adele

Qui promise venir...

DONATO Mancar potrebbe

Ella che t'ama tanto, a sua promessa?

ENRICO Moviamle incontro...

DONATO È vano... Ella si appressa...

ENRICO *(accostandosi ad Adelina)*

Cielo!... Adelina!...

(arretrando alla vista della contessa.)

E saria ver!

CONTESSA *(vivamente turbata)* Qui... amico

ADELINA *(alla contessa)* .

Ecco il mio sposo!... o Dio... qual turbamento!

PIETRO, CORO, DONATO, Che sarà?

ENRICO *(alla Contessa)* Tanto osaste!...

CONTESSA Oh! me infelice!...

DONATO *(prendendo Adelina in disparte)*

Chi è costei?...

CORO Qual mister!...

ENRICO *(alla Contessa)* Vi allontanate!...

CONTESS. M'ascolta...! un detto sol!

ENRICO Che mai sperate?

CONTESSA *(con voce commossa)*

Io t'ho cercato più mesi invano...

Di Dio la mano... qui m'ha guidata...

Sol morte io bramo... ma perdonata...
Da te compianta... vorrei morir...
Di discolparmi la grazia imploro...
Non ho piu in terra altro desir!

ENRICO (*sottovoce con accento animatissimo*)
Perchè ti incontro sul mio cammino?..
Qual rio destino qui t'ha guidata?
Io già scordava d'averti amata
Nei primi palpiti d'un altro amor...
Va! la tua perfida beltà funesta
In me sol desta ira e terror!

ADELINA (*immobile, collo sguardo fisso ad Enrico*)
Perchè in vederla mutò sembiante?
Perchè tremante favella a lei?...
Forse a contendermi venia costei
Le gioie... l'estasi di un santo amor!
Ah! della zingara rammento i detti...
Mille sospetti mi stanno in cor.

PIETRO (*a Donato con gioia mal repressa*)
Quel turbamento notasti, o amico?...
Vedesti Enrico mutar sembiante?...
Fosse mai questa l'antica amante...!
Veh! quali smanie!... veh! quanto ardor!
Donato, in guardia! di tua sorella
Pensa al destino... pensa all'onor!

DONATO (*a Pietro*)
Se il tuo sospetto colpisse il vero,
Nessun pensiero ti prenda, o amico...
A lei sua fede giurava Enrico
Nè la sua fede tradir ei può...
Se tanto osasse lo sciagurato,
Saprei punire chi m'oltraggiò.

CORO
Dond' è venuta questa straniera?
Veh! come altera... pallida e mesta!
Perchè al suo giungere cessò la festa,
E in tutti i volti spuntò il terror?
Figure tristi qui non vogliamo...
Ai balli, ai canti si torni ancor!...

DONATO (*appressandosi ad Enrico con volto severo e traendolo in disparte*)

Una parola... Enrico...

ENRICO   Io teco sono...

         (*vanno verso il fondo della scena*)

CONTESSA (*appressandosi ad Adele*)   Iddio

Possa felice rendervi

Com' io nol fui quaggiù !

ADELINA   Partite ?...

CONTESSA   Il sagrifizio

Di questo santo addio

Suggelli un bacio...

ADELINA (*baciando la contessa*)   Misera !...

Nè... ci vedrem ?...

CONTESSA   Mai più...

        (*si allontana rapidamente*)

CORO   Disperata... furente... verso il lago

Ella fugge. .

ENRICO   Accorrete !...

Deh ! la salvate !...

ADELINA (*che avrà notato l'agitazione di Enrico*)

        Ei l'ama... ei l'ama ancor !

Si salvi !... (*partono*)

PIETRO (*seguendo il coro*)

        Ella fia complice

De' miei disegni...

DONATO (*a Adelina che sarà rimasta immobile sul davanti della scena*)

        Adele !

ADELINA (*abbandonandosi nelle braccia di Donato*)

        Ho infranto il cor !...

PIETRO   Libera è dessa...

ADELINA (*fremendo*) Ah! comprendo...

PIETRO   Celiamci... alcun si appressa...

            (*Pietro conduce Adelina dietro la torre*)

SCENA II.

ENRICO - LA CONTESSA
ADELINA - PIETRO *in disparte presso la torre.*

ENRICO   Partir voi dunque... debile tanto?
               Un giorno attendi...

CONTESSA   Saria delitto...
               Sulle mia ciglia tu vedi il pianto...
               Ma forte ho l'alma, ma fermo ho il cor...
               T'attende all'ara la nuova amante
               A lei giurasti fede ed amor...

ENRICO   Da mille angoscie straziato ho il petto...
               Amarti... e perderti io deggio ancor!

PIETRO (*ad Adelina in disparte*)
               Tu l'odi...

CONTESSA (*ad Enrico*)   In cielo fia benedetto
               Il sacrificio del nostro amor.

                     Quartetto.

CONTESSA   Se mai più ci rivedremo
                 Sulla terra del dolore...
                 Sempre uniti noi vivremo
                 In un mesto sovvenir.
               A te l'aure in suon d'amore
                 I miei pianti recheranno,
                 Te i miei voti seguiranno,
                 Fino all'ultimo sospir.

ENRICO (*con passione*)
               Obliarti io potrò mai,
               Troppo bella e troppo amata!
               Di mia vita tu sarai
               Il sol gaudio il sol martir.

A una sposa, al mondo, a Dio
Mentirò, poichè tu il brami;
Ma vietar non puoi ch'io t'ami
Fino all'ultimo sospir.

PIETRO (*ad Adelina come sopra*)

Quando a te svelato ho il vero,
Sempre avversa e cruda meco,
Mi chiamasti menzognero,
Mi gridasti traditor!
Che ti par? lo senti, o Adele?
Il pensiero è generoso...
Ei doman sarà tuo sposo...
Oggi a un'altra ei giura amor!

ADELINA (*con accento desolato*)

Il suo cor fu sacro a lei
Pria che fede a me giurasse...
E a lui sposa andar potrei
Senza fremere d'orror?...
Dal mio cielo vagheggiato
Negli abissi Iddio mi piomba...
Mi fia talamo una tomba
Senza pianto e senza fior.

CONTESSA   Enrico... separiamoci...
ENRICO   Nè ti vedrò più mai...!
CONTESSA   Pensa che Adele è un angelo...
Un dì... tu l'amerai...
Per lei... per te dal cielo
Tal grazia implorerò...
Addio...

ENRICO   Addio per sempre!
Ad immolarmi io vo'.

(*si separano - Enrico si allontana rapidamente - La Contessa
discende verso la spiaggia del lago*).

ADELINA (*avanzandosi agitata e additando a Pietro la via per
la quale è partita la Contessa*).

Vanne!... ti affretta... seguila...!
Dille che tutto io so!..

PIETRO   Quindi?...

ADELINA   Alla chiesa adducila ;
     Là vi raggiungerò...   (*Pietro segue la Contessa*).
(*si ode uno scroscio di tuono - Adelina fa alcuni passi come in
                              preda a violento delirio*).
          Al colmo dei mali
               Mi trasse la sorte...
               Più nulla pavento
               Nè in terra nè in ciel

                              (*Temporale*)

VOCI LONTANE   « Imbruna la sera...
          « Di orrenda bufera...
          « Di nembi e tempeste
          « È gravido il ciel.
          . Fratelli corriamo
          All'antro fedel.

(*Si vedono gli zingari scendere dalla montagna e ricoverarsi*
ADELINA   De' zingari è quella   *nella vecchia torre*)
          La triste coorte...
          Un filtro di morte...
          Si chiegga a costor...
          L'orrendo peccato
          Perdoni il Signor!
     (*Entra nella torre mentre il temporale imperversa*).

SCENA III.

**Il sagrato della Chiesa - A destra un cancello di ferro
che chiude il campo santo - A sinistra, nel fondo, la Chiesa
Sul davanti, presso il cancello, una colonna con gradinata
È vicina la notte.**

CONTESSA   Qual potenza fatal m' ha qui condotta?
          E chi sarà costui
          Che messagger d'Adele esser sostenne?
          Ahi! debole fui troppo... Una rea trama
          Forse a danno di lei qui ordita venne...

Pur, se è ver ch'Ella intese
Del nostro addio gli accenti, consolarla
Forse potrei d'una parola amica...
Forse potrei nel desolato core
Colla speranza ravvivar l'amore.

(suono interno di organo.)

VOCI DAL TEMPIO   All'anima santa
       Che visse al dolor
       L'eterno riposo
       Concedi o Signor...!

CONTESSA   Qual lugubre presagio!...

ALTRE VOCI   Evviva gli sposi!
       Al tempio muoviamo!
       Di mirti, di rose
       La strada innondiamo.
       Evviva l'imene!
       Evviva l'amor!...

CONTESSA   Son dessi! son dessi!
       Il core mel dice...
       Mendace fu il messo...
       Adele è felice...
       Fuggiamo! a me sola
       Serbato è il dolor!

(muove alcuni passi vacillando, poi le forze le vengono meno e cade in ginocchio sui gradini della colonna col capo nascosto fra le mani - Nella Chiesa riprende il canto funebre).

SCENA IV.

ADELINA - ENRICO - DONATO - CORO.

ADELINA *(arrestandosi in fondo alla scena e scorgendo la Contessa*
      Essa è là - Pietro non mentiva...   *inginocchiata)*

ENRICO   ...Adele
      Che hai tu?...

ADELINA   Nulla...   *(prende la mano d'Enrico)*

DONATO - CORO   Una donna genuflessa...

ADELINA Una infelice forse
     Che sta pregando per un caro estinto...
     Fratello... amici... al tempio
     Mi precedete... Pria che il nuzial rito
     Si compia, a quella donna
     Volgere di conforto una parola
     Vorrei...

DONATO   Qual nuova idea!

CORO   Strano pensiero!

ADELINA A noi... felici tanto...
     Di lieto augurio fia
     D'una dolente rasciugare il pianto...
     Qui Enrico resterà - che paventate?...

ENRICO (*da sè*) Il cor mi trema...

CORO (*a Donato*)   Andiam, poich'essa il brama...

ADELINA E pregate per lei... per me pregate...

DONATO - CORO D'un angelo ha' il volto...
     D'un angelo ha il cor...
     Quest'atto pietoso
     Compensi il Signor (*entrano nella chiesa*)

(*durante il canto funebre dei preti, Adelina si avvicina alla Contessa e togliendosi il velo nuziale glielo pone sul capo*).

SCENA V.

ADELINA - ENRICO - *la* CONTESSA.

ENRICO (*atterrito dal pallore che copre il volto di Adelina*)
   Che fai?... deliri (*ravvisando la Contessa*) ...o cielo!

CONTESSA (*riscuotendosi*)
   Chi mi ritorna a vita?...

ADEL. (*con dolcezz.*) Amica...

CONTESSA   E questo velo?...

ADELINA Dell'infelice Adele
    Qual sovvenir lo serba

CONTESSA Ah... no!...

ENRICO (*a Adelina*) Pallor mortale
    Ti sta sul volto...

CONTESSA   Misera...

ADELINA   Nulla a salvarmi vale...
                     Qual promettea la zingara,
                     Rapido fu il velen...

CONTESSA   Che sento!...

ENRICO   Adele! o strazio!...

ADELINA (*stringendo la mano di Enrico e della Contessa*)
                     Muoio compianta almen.
           (*unendo a quella d'Enrico la mano della Contessa*)
                     Negli anni tuoi più giovani...
                     Pria di vedermi... o Enrico...
                     Costei..... destava il palpito
                     Del vergine tuo cor.
                     Io..... nell'estremo anelito.....
                     Vi abbraccio..... e benedico.....
                     E volo al ciel, degli angeli.....
                     Voi lascio al ciel d'amor.....
                     Addio....

     (*Enrico la sorregge e la trae presso i gradini del monumento*)

ENRICO   M'ascolta, Adele....

CONTESSA   Olà! soccorso!... aita!...

SCENA VI.

DONATO - CORO - SACERDOTI *che escono dalla Chiesa.*

CORO (*accorrendo*) Che fu?... gran Dio...!

DONATO (*gettandosi ai piedi di Adelina*) Sorella!
(*vedendo la Contessa*)
                     Ah! qui costei! comprendo...

ADELINA   Donato...   (*aprendo gli occhi*)

CORO   Essa ancor vive...

ADELINA (*con voce morente*)
                     Ascoltami... fratel...
                     Nessuno è qui colpevole...
                     Io li abbracciai morendo...
                     In terra... tu proteggili...
                     Io... li proteggo... in ciel...

(*fa un estremo sforzo per sollevarsi e riunire la mano di Enrico
a quella della Contessa e poi ricade*)
DONATO (*mettendo un grido*)
        Morta!...
CORO   Quell'alma candida
        Accolga Iddio nel ciel...!
CONTESSA - ENRICO Ah! noi vivrem per piangere
        Sovra il tuo santo avel!
(*Tutti si inginocchiano - Quadro. Cala la tela*).

FINE.